그리움이라서

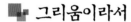
그리움이라서

1판 1쇄 : 인쇄 2016년 06월 21일
1판 1쇄 : 발행 2016년 06월 24일

지은이 : 이수진
펴낸이 : 서동영
펴낸곳 : 서영출판사

출판등록 : 2010년 11월 26일 제 (25100-2010-000011호)
주소 : 서울특별시 마포구 서교동 465-4, 광림빌딩 2층 201호
전화 : 02-338-7270 팩스 : 02-338-7161
이메일 : sdy5608@hanmail.net

그   림 : 박덕은
디자인 : 이원경

ⓒ2016이수진 seo young printed in seoul korea
ISBN 978-89-97180-60-8 04810
ISBN 978-89-97180-00-4(set)

그리움이라서

2016 · 서영

이수진 시인의 제1시집 출간을 축하하며

　이수진 시인이 인터넷에서 사용하는 닉네임은 '물안 개'이다. 산야의 신비로움을 감싸 안고 흐르는, 그래서 시의 리듬을 닮은 물안개, 산골짜기를 촉촉이 껴안아 주는 보드라움, 각자의 위치에서 개성을 발하는 나무와 풀과 꽃에게 계절마다 생기와 에너지를 불어 넣어 주는 물안개, 이 거대한 위로가 바로 이수진 시인이다.

　이수진 시인과 필자와의 만남은 우연이었나, 필연이었나. 필자가 아프리카tv에서 "낭만대통령의 문학토크"를 진행하고 있었는데, 어떤 문우의 소개로 이 방송을 듣게 된 이수진 시인, 그녀는 필자의 제자들로 이뤄진 문학 동아리에서 가장 늦게 시 창작의 길로 들어섰다.

　얼마 동안은 적응하느라 힘들어 하다가, 어느 날부터 본격적으로 시 창작에 돌입했다. 그러다가 시뿐만 아니라 시조, 가사 문학 등의 문학 장르까지 도전하는 열정을 보이기 시작했다.

　시 창작을 시작한 지 1년도 안 되어, 시 부문 신인문학상 수상으로 문단 데뷔를 하였고, [충주문학관] 문학상

장원 수상, 200여 편의 시, 시조, 가사 문학 발표 등의 열
매를 거머쥐었다. 어디서 이런 열정과 성실과 의지가 솟
구쳐 나오는 것일까. 도무지 알 수 없다. 그 작은 몸에서
어찌 이리 커다란 시심의 메아리가 울려 퍼진단 말인가.

　이수진 시인의 낭군이 후광으로 깔아 놓은 사랑과 배
려 때문일까. 아들과 딸이 경쟁적으로 펼치는 효심의 배
경 때문일까. 아니면, 언니들과 형부들이 지속적으로 이
뤄준 격려의 그릇 때문일까. 무엇이 이 시인의 활기를
불태워 주는 걸까. 천부적인 착함과 귀여움, 원석처럼
박혀진 순수, 밝게 보는 눈길, 당당한 삶의 태도 등이 어
우러져 오늘의 품성을 조각해낸 걸까.

　아무튼 행복하고 즐거운 인생을 꾸려 가고 있는 이수
진 시인과 봇물 터지듯 휘몰아치듯 써 놓은 그녀의 시
세계로 탐구 여행을 떠나보고픈 강한 유혹을 느낀다.
자, 이수진 첫 시집 [그리움이라서] 그 아름다운 시 세계
로 지금 당장 떠나보자.

꽃이라서
가슴밭에 향기를 남기고

나무라서
둥근 나이테를 남기고

그리움이라서

마음밭에 쉼 없이 내리네.

- [미련 · 1] 전문

　이 시에서의 시적 화자는 미련을 대변하고 있다. 미련이 꽃이라서 가슴밭에 향기를 남긴다고 생각한다. 과연 그럴까. 미련이 꽃일까. 게다가 가슴밭에 향기를 남기는 존재일까.

　미련은 못다 한 사랑일 수 있다. 그래서 안타깝고 아쉽고 애틋하다. 그게 어찌 가슴밭에 향기를 남길 수 있단 말인가. 오히려 분노와 짜증과 회한을 남기는 건 아닐까. 그런데도 시적 화자는 향기라고 고집하고 있다. 아예 부정적인 해석의 꼭지를 잠궈 버린 듯하다. 초긍정이 아니고서야 어찌 이런 해석을 할 수 있겠는가. 게다가 이번에는 미련을 나무라 한다. 그래서 둥근 나이테를 남길 수 있다 한다. 그 미련이 나무가 될 만큼 시적 화자의 인생에 크나큰 비중을 차지하고 있음을 볼 수 있다.

　어떤 사랑을 했건, 그 사랑이 떠나 미련만 남았을지라도 그 감성을 끝까지 소중히 여기겠다는 인생관이 여기서 엿보인다. 이번에는 미련이 그리움이라 한다. 이 그리움은 마음밭에 쉼 없이 내린다고 여긴다. 어제도 내리고 오늘도 내리고 내일도 내릴 것이다. 그렇다면 이 미런이라는 그리움은 시적 화자의 인생 전체를 흔들 수 있고, 지배할 수 있는 존재로 남게 된다.

한번 출범한 사랑, 이 사랑이 설령 도중에 중단되었다 할지라도, 시적 화자가 줄곧 사랑하는 이에 대한 예의를 지키겠다는 의지가 돋보이는 시이다. 이런 시를 자유자재로 구사할 줄 아는 이수진 시인이 참으로 자랑스럽고 대견스럽다.

칼바람
등에 업고

봄마중
간다.

- [미련 · 2] 전문

이 시에서의 시적 화자 역시 미련처럼 칼바람 등에 업고 봄마중을 나간다. 지금 현실은 칼바람 부는 겨울이다. 다들 웅크린 채 잠잠히 침묵할 시기에, 시적 화자는 길을 나선다. 역경과 시련의 상징인 칼바람을 등에 업는다. 단순히 피하는 게 아니라 등에 업음으로 적극적인 해결책을 찾아낸다. 그냥 당하고만 있지 않겠다는 강한 의지가 엿보인다.

시적 화자가 이렇게 결심을 굳힌 건 다름 아닌 봄 때문이다. 이 봄을 맞이하기 위해, 그 어떤 시련도 감수하겠다 한다. 봄이 무엇보다도 절실했던 시적 화자는 겨울의 혹독한 환경을 뚫고 봄마중 하러 자리를 박차고 나가는 용기의 집행자 노릇을 하고 있다. 비록 미련이긴 하지만, 놓치고 싶지 않은 사랑에 대한 최소한의 배려를 하고 있는 건 아닐까.

인생의 그 어떤 감성일지라도, 그 가치, 그 의미를 인정하고 존중하려는 세계관이 여기에 담겨 있는 듯하다. 이처럼 이수진 시인은 우리 인생에서 여기저기 흘러 다니는 소소한 감성까지도 예리하게 포착하여 시적 형상화를 해내고 있어, 본격적인 시인의 시대를 열어갈 것으로 보인다.

산기슭 오르면
허름한 집 한 채
기와도 아닌 너와 지붕
서리꽃 이고 있네

탯줄에 매달렸던 사랑과
님의 체취 고스란히 남겨 두고
떠난 그곳

심장 멈추는 그 순간에도
잡았던 손의 온기
아직도 그대로 느껴지는데

한없이 내주던 그 마음과
남루한 이불마저
짐승에게 다 내어주고
칼바람 흩어지던 그곳

그리워 애타게 부르는 이름
대답은 없고
허기진 메아리만 가슴밭 파고드네.

- [어머니] 전문

이 시에서의 시적 화자는 어머니에 대한 애틋함으로 어쩔 줄 몰라 한다. 그 이유는 뭘까.

산기슭을 오르면 허름한 집 한 채가 있다. 기와도 아닌 너와 지붕을 이고 있다. 그 위에 서리꽃이 앉아 있다. 그곳에서 어머니가 살았다. 그곳에는 탯줄에 매달렸던 엄마의 사랑, 엄마의 체취가 고스란히 남아 있다. 심장이 멈추는 그 마지막 순간에도 잡았던 엄마 손의 따스함이 아직도 그대로 느껴지는 곳, 한없이 내주는 엄마의 마음과 남루한 이불마저 짐승에게 다 내주었고, 그 뒤로 칼바람이 흩어지는 곳, 그리워 애타게 불러도 대답이 없고, 허기진 메아리만 가슴밭을 파고드는 곳, 그곳이 바로 고향집이고, 그 고향집이 바로 어머니이다.

  어머니와 고향집을 교묘히 오버랩시켜 놓은 시가 이미지 시로서 가치를 지니고 있다. 시각 이미지(산기슭, 허름한 집 한 채, 너와 지붕, 서리꽃, 남루한 이불)와 촉각 이미지(체취 고스란히 남겨 두고, 잡았던 손의 온기, 한없이 내주던 그 마음, 가슴밭 파고드네)와 청각 이미지(칼바람 흩어지던 그곳, 애타게 부르는 이름, 대답은 없고, 허기진 메아리만)의 어우러짐이 이 시의 이미지 구현에 큰 도움을 주고 있어, 시적 형상화와 시상의 흐름이 좀더 자연스럽고 멋스러웠지 않았나 싶다.

    낡은 앨범 속에서
    숨죽이고 있는 젊은 날의 초상

    희미하게 피어나는
    옛 추억의 조각 조각들

    늦은 후회로 몸을 싣는
    개울가 오솔길

물수제비 만들던 강가
버들가지 가녀린 몸짓

달빛도 숨어 버린 동네 어귀
껌벅껌벅 졸고 있는 가로등

돌담길 어루만지고 더듬거리다
우루루 몰려와 안아 주는 온기들

까만 밤을 뜬눈으로 불태우고
마음을 여는 여명의 빛

문틈 사이로 비춰지니
그때서야 숨을 내쉬네.

- [그리움 · 2] 전문

　　이 시에서의 시적 화자는 문득으로 비춰지는 진영들을
하나 하나 표현하면서 자신의 추억을 되돌아보고 있다.
　　낡은 앨범 속에서는 숨죽이고 있는 젊은 날의 초상을
본다. 아마도 청춘은 그다지 활발하지 못했을 뿐만 아
니라 숨죽이고 있는 걸 보니, 활짝 펴지 못하는 소극적
인 삶을 살았던 것으로 보인다. 그렇지만 옛 추억의 조

각들이 희미하게 피어나고 있다. 늦은 후회로 몸을 싣는 개울가 오솔길로 떠오른다. 어쩌면 그곳에서 사랑을 놓쳐 버린 후회를 지금 하고 있는 건 아닐까. 늦은 후회라고 하는 걸 보니, 이미 이뤄질 수 없는 사랑이 되어 버린 듯하다.

물수제비뜨던 강가도 보이고, 버들가지 가녀린 몸짓도 보이는 걸로 봐서, 시적 화자는 과거에 매우 소극적이고 수줍고 내성적인 시절을 보냈음을 알 수 있다. 시적 화자는 어느덧 나이를 먹었고, 이제 달빛도 숨어 버린 동네 어귀를 향하고 있다. 지금은 껌벅껌벅 가로등조차 졸고 있다. 마치 시적 화자의 현실, 지금의 삶이 껌벅껌벅 졸고 있는 것처럼. 돌담길을 어루만지고 더듬거리며 걷다가 우루루 몰려와 안아 주는 온기들을 만난다.

정겨운 추억 속에는 간혹 안아 주고픈 것들도 있다. 다시 돌아가면 결코 놓치고 싶지 않은 감성들, 어째서 과거에는 그게 그처럼 소중하다는 걸 몰랐을까. 이제라도 알았으니, 감사할 뿐이다. 하지만 과거는 다 사라져 갔다. 까만 밤이 되어 버렸다. 오늘밤도 뜬눈으로 불태웠지만, 과거 속에서 추억 몇 점만 건졌을 뿐이다. 그래도 이제 마음을 여는 여명의 빛이 앞에 놓여 있어서 다행이다. 이 모든 게 새벽녘 문틈으로 비춰진다. 시적 화자의 현실이 다시 주어진다. 그때서야 시적 화자는 비

로소 숨을 내쉰다.

　과거와 추억은 갔고, 현실은 남아 있지만, 미래의 인생은 아직 오지 않았기 때문이다. 우리는 과거를 사는 게 아니다, 미래를 살아가는 것도 아니다. 바로 오늘 바로 지금을 살아가는 것, 시적 화자는 밝아 온 오늘이 미치도록 고마울 뿐이다. 이제는 과거를 벗고, 추억에서 벗어나, 현재의 삶에 충실하기로 한 것일까. 시적 화자의 얼굴에 스치는 의지가 심상치 않다.

　이수진 시인은 바로 이러한 시의 세계를, 자신의 내면을 이미지 구현으로 시적 형상화를 해내고 있는 노련한 솜씨를 보여 주고 있다. 놀랍고 정교한 솜씨가 아닐 수 없다.

　유년의 꿈
　추억 뒤편에 묻어 두고
　굽이 굽이 돌아온 길

　민들레 홀씨 흩날려
　가슴밭 두드리던 그리움
　두근두근 토닥이며

　똑 똑 똑 문 열었더니

이수진 시인의 제1시집 출간을 축하하며 ▮

정답게 마중나온 뭇별

미소 머금고

떨리는 손끝에서 뚝 떨어지며

포근히 감싸 안은 은빛 시심

날갯짓 펼치네.

　　　　　　　- [시 창작] 전문

　이 시에서의 시적 화자는 시 창작의 길로 들어선 시인의 분신으로서 생각의 터를 넓혀 가고 있다.

　그녀는 유년의 꿈을 추억의 뒤편에 묻어 두고 굽이 굽이 삶의 길을 돌아서 먼 길을 걸어왔다. 하지만, 감성까지 묻어둔 건 아니었다. 민들레 홀씨 흩날려 가슴밭 두드리던 그리움은 그대로 가지고 왔다. 그 그리움을 두근두근 토닥이며 데려왔다. 어느 날 똑똑똑 소리에 문 열었더니, 뭇별이 정답게 마중나와 줘서 행복한 미소를 지었다. 아, 이제야 만난 은빛 시심, 떨리는 손끝에서 뚝 떨어지며 포근히 감싸 안아 준다. 그러더니, 서서히 날갯짓을 펼치며 날아오른다.

　시적 화자는 이수진 시인을 대변하여, 오래도록 접어 두고 살아온 시 창작의 길을 다시 만나, 꿈의 나래를 펼치는 기쁨을 은은히 표현해 놓고 있다. 아름다운 시심의 모습을 잔잔한 감동의 물결로 펼쳐놓고 있다.

　　이수진 시인은 시의 특질, 시의 효용성이 무엇인지 벌써부터 터득해 버린 것일까. 서두르지 않으면서 조근조근 다가가는 시적 형상화, 그녀는 이미 시의 기법 중 가장 정교한 세계를 확보해 놓고 이를 잘 활용하고 있는 듯하다.

　커튼 걷어내니
　밤은 사라지고
　촉촉한 봄비 창문 두드린다

　헛헛한 마음의 곁눈질은
　빈자리 바라보고

　아려오는 가슴에 구르는 연서는
　눈물방울 같은 한마디 남기고
　사알짝 나간다

　잔물지는 애틋함
　먼 길 나서며
　바람결에 그리움 고이 보낸다.

　　　　　　　　　　- [외출] 전문

이 시에서의 시적 화자는 드디어 커튼을 걷어낸다. 그랬더니 밤이 사라지고, 촉촉한 봄비가 창문을 두드리고 있다. 시적 화자의 인생에 마침내 봄이 왔다. 게다가 보슬비까지 몰고 왔다. 새 생명이 움트고 세상은 활기 가득차게 되었다. 헛헛한 마음의 곁눈질은 나가기 싫어 빈자리를 엿보고 있지만, 어쩔 수 없다. 밀려가는 과거, 밀려가는 어둠, 밀려가는 부정의 세계, 어쩔 수 없다. 시적 화자가 막아줄 수 없다. 아려오는 가슴에 구르곤 하던 연서도 예외는 아니다. 눈물방울 같은 한마디 남기고 사알짝 나가는 연서를 잡을 수도 없고, 또 붙잡고 싶지도 않다. 떠나보낼 것은 다 떠나보내야 한다. 잔물지는 애틋함마저 내보낸다. 먼 길 떠나는 애틋함과 더불어 이번에는 그리움마저 바람결에 고이 날려 보낸다.

이제, 시적 화자는 혼자가 된다. 완전한 혼자, 그동안 괴롭혔던 감성들에서 벗어나 오랜만에 자립 의지를 가진 성숙된 자아가 된다. 이제 어쩌리. 과거에서 벗어나, 추억에서 벗어나, 애틋함과 그리움과 연정에서 벗어나, 온전히 홀로 선 시적 화자에게 남은 길은 꿋꿋이 걸어나가는 미래밖에 없다. 누가 뭐래도 이후에는 어둠 속에서 미련 속에서 그리움 속에서 주저앉아 고통스런 나날을 보내지는 않을 것이다. 결코 후회하지 않는 삶을 꾸려 나갈 것이다.

이러한 삶을 바로 외출로 해석한 이수진 시인, 주제를
가능한 한 숨긴 채 시적 형상화를 해내는 시의 기법이
이제 제법 이 시인의 손에 익은 듯하다.

초승달이 빛을 더하면
빈 뜨락에 홀로 서네

뚜렷한 듯 흐려지는 추억
끄집어내지만

흘러내리는 아릿함
촉촉이 젖어들고

속속들이 토해내는 시름은
시간이 흐를수록
늘어진 어깨 끌어안고 흐느끼네

미소 머금고 토닥이는 온기는
가슴밭에 사르르 안기네.
　　　　　　　　- [사랑] 전문

이 시에서의 시적 화자는 밤 깊어 초승달이 빛을 더하

면 빈 뜨락에 홀로 선다. 잠이 안 오는 불면의 밤, 뚜렷한 듯 흐려지는 추억을 끄집어내지만, 흘러내리는 아릿함만 촉촉이 젖어든다. 속속들이 토해내는 시름은 그냥 사라지는 게 아니고, 시간이 흐를수록 늘어진 어깨를 끌어안고 흐느끼고 있다. 마음속이 편하지 않다. 다 포기해 버리고 싶은 짙은 절망감이 점차 스며들 뿐이다. 그런데도 이상하게 미소 머금고 다가와 토닥여 주는 온기가 있다. 그 온기는 가슴밭에 사르르 안겨 위로를 준다.

시적 화자는 그게 사랑이라고 해석하고 있다. 이 세상 그 어떤 것도 갈증이나 절망감이나 시름을 달래 주고 해소해 줄 수 없지만, 유일하게 사랑은 우호적이다. 미소를 머금고 다가와 토닥이는 위로를 주고 감싸 주는 온기를 준다. 이해력으로 포옹해 준다. 그리고 안긴다. 그것도 감성의 호수인 가슴밭에 안겨 속삭인다. 사랑만이 해결사라고. 우주의 본질은 사랑이고, 사랑만이 우주의 본질과 소통되고, 하나될 수 있다고 속삭인다. 인생은 결국 사랑으로 귀결되고, 사랑으로 완성된다고 강조하는 듯하다.

사랑의 소중함, 사랑의 가치를 시적 화자는 은은히 강조하면서 시를 마무리 짓고 있다. 차분하면서도 강렬한 속삭임이 아닐 수 없다.

찻잔에
노을 지면

바람은
언덕길 나뭇가지 흔들고

담장 휘감는
달그림자 비추면

낯설음에 살랑대는
애틋함의 깃발들

풍경소리 되어
파고드는 보고픔

가슴속 비집고
피었네.

- [길] 전문

이 시에서의 시적 화자는 찻잔 앞에 앉아 있다. 그 찻
잔에 노을이 깔린다. 그때 바람이 언덕길 나뭇가지를 흔
든다. 가야 할 길이 순탄할 것 같지 않다. 담장 휘감은

달그림자가 비추자, 낯설음에 살랑대는 애틋함의 깃발들이 나부낀다. 여정에서 만난 잠깐 동안의 휴식, 낯선 곳에 잠시 몸을 뉘였지만 애틋함은 여전하다.

왜 이리 긴긴 여정에 애틋함은 따라다니며 그 깃발을 살랑대고 있을까. 왜 떨어지지 못하고 곁에 딱 붙어다니는 걸까. 게다가 풍경소리 되어 파고드는 보고픔, 그것으로 그치지 않고 가슴속까지 비집고 들어와 피어난 보고픔, 어찌하란 말인가. 떠난 뒤에도, 여정 중에도 따라붙는 이 보고픔, 그 실체, 어떡하면 좋단 말인가. 이러지도 저러지도 못하게 만드는 이 보고픔, 이 숙명적인 존재, 어떻게 해야 시적 화자는 정상적인 삶을 살아갈 수 있단 말인가.

시각 이미지(찻잔, 노을, 언덕길, 나뭇가지, 담장 휘감는, 달그림자 비추면, 피었네)와 청각 이미지(바람은, 흔들고, 살랑대는, 깃발들, 풍경소리)의 조화로움, 구상(찻잔의 노을, 언덕길의 바람, 담장의 달그림자, 깃발들, 풍경소리)과 추상(낯설음, 애틋함, 보고픔)의 어우러짐 등도 이 시의 애잔함과 감칠맛을 한층 돋보이게 하고 있다.

가슴 열어 놓고
언제나 만나고픈

등돌리지 않고도
얼굴 찡그리지 않는

오랜 시간 동안
함께 걸어가는

작은 비밀이 되어
마음에 묻는

가끔은 마주하는 듯
보고픔이 되는

먼 훗날 생각하면
그리움으로 모락 모락 피어나는.

- [인연] 전문

이 시에서의 시적 화자는 인연에 대해 새로운 해석을 펼치고 있다. 인연은 가슴 열어 놓고 언제나 만나고 싶은 존재라 한다. 등돌리지 않고도 얼굴 찡그리지 않는 존재, 오랜 시간 함께 걸어가길 원하는 존재, 작은 비밀도 나누고 서로에게 작은 비밀이 되어 마음에 묻는 존재, 가끔은 마주하는 듯 보고픔이 되는 그리운 존재, 먼

이수진 시인의 제1시집 출간을 축하하며

훗날 뒤돌아보며 생각할 때마다 그리움으로 모락모락 피어나는 존재, 그가 바로 시적 화자의 인연이라는 해석, 그럴 듯하다. 과연 그럴까. 꼭 인연이 이렇게 입맛 당기는 존재로만 구성되어 있을까. 의문이 간다.

인연은 그렇게 단순하지 않다. 좀더 복잡하고 오묘하다. 좀더 다양하고 다채롭다. 하지만, 그런 수많은 인연 중에서도 의미 있는 인연은 바로 이 시적 화자가 마음 정리를 한 듯한 이 인연의 상자 안으로 들어와야 하지 않을까 싶다. 스쳐지나가는 것들을 어찌 다 인연이라 하겠는가. 가슴 열어 놓고 오래도록 함께 동행하고 늘 보고픔이 되고 그리움으로 피어나는 존재만이 진정한 인연이 아닐까. 다시 한 번 숙고하게 만드는 이 새로운 해석 앞에 잠시 인생을 내려다보며 부드럽게 껴안아 주고 싶은 생각이 든다. 이토록 시는 우리의 마음에 길을 새로 뚫고 걷게 한다. 그래서 좋다. 시가 있어서 행복한 세상, 그 안에서 시인은 행복하다.

밤새 하늘문
순백 꽃잎 흩날리면

잔물지는 푸른 절개
동백꽃 위에 내려앉고

그리운 뭍 소식 끊어지고
포구에 갇힌 배 한 척

깃대만 빼꼼히
기다리다 잠든 바닷가

갈매기들 물낯 가르며
파도 끝에서 갸룩갸룩

저녁놀 은빛 가슴에 담아
바람결에 실어 보낸다.

- [겨울 바닷가] 전문

  이 시에서의 시적 화자는 저녁놀 짙게 깔리는 바닷가
에 서 있다. 밤새 하늘문이 순백의 꽃잎을 흩날리고 있
다. 그때 잔물지는 푸른 절개는 동백꽃 위에 내려앉는
다. 그런데도 아직 소식이 없다. 사랑하는 이의 소식은
아직도 끊겨 있다.
  포구에 갇힌 배 한 척은 오지 않는 그리운 뭍 소식만
기다리고 있다. 다 잠들고 깃대만 빼꼼히 기다리다가,
그나마 잠들어 버린 바닷가, 고요가 짙게 깔리고 있다.
간혹 파도 끝에서 갈매기들이 물낯 가르며 갸룩갸룩 소

이수진 시인의 제1시집 출간을 축하하며

리를 내지른다. 또 다시 하루가 길다. 허무 가득한 하루 끝, 저녁놀 은빛 가슴에 담아 바람결에 실어 보내고 있는 시적 화자의 가슴은 쓸쓸하기만 하다. 겨울 바닷가의 정경이 그대로 독자의 가슴에 스며들고, 그 안에서 갈매기 소리만 갸륵대고 있다.

시상의 흐름이 자연스럽고 외로움의 시적 형상화가 잘 이뤄져 있다. 또한 색채의 대비, 하양(순백 꽃잎, 동백꽃)과 파랑(푸른 절개)과 빨강(저녁놀)과 은빛(은빛 가슴)의 입체화, 시각 이미지(하늘문, 순백 꽃잎, 흩날리면, 잔물지는, 동백꽃, 포구, 배 한 척, 잠든 바닷가, 저녁놀, 은빛 가슴)와 청각 이미지(갈매기들, 파도 끝, 갸륵갸륵, 바람결)의 입체화 등이 시의 선명한 이미지 구현에 많은 도움을 주고 있다.

지금까지 우리는 이수진 시집 속에 펼쳐지고 있는 시의 이미지, 시의 리듬, 시상의 흐름, 시적 형상화 등을 살펴보았다. 그다지 어렵지 않은 일상의 시어들을 통해, 자연스레 이끌어 나가는 시어의 배치, 되도록 선명한 이미지 구현을 위해 여러 지각적 이미지들의 입체화, 낯설게 하기를 통해 새로운 해석, 구상과 추상의 적절한 배합 등을 통한 다채로운 사색의 길을 체험할 수 있도록 해놓고 있다.

이를 통해 시의 특질을 만나 대화 나눌 수 있도록 배려하고 있음도 알게 되었다. 독자들이 시를 만나 친숙

해지고, 시 속으로 빨려들어 와 함께 즐길 수 있도록 길을 터주고 안내하는 역할, 이를 이수진 시인은 잘 감당하고 있다.

앞으로 나올 이수진 제2시집은 사찰을 소재로 할 것으로 보인다. 그리고, 제12시집은 아마도 이수진 시선집이 되지 않을까 예측이 된다. 그날까지 이수진 시인의 시 창작은 그치지 않을 것 같다. 그녀의 의지와 심성, 집안의 분위기, 성실성과 의지, 그리고 다부진 성격 등을 고려할 때 충분히 가능한 세계, 충분히 다다를 수 있는 고지라 여겨진다.

아무리 낮게 평가한다 해도, 시 쓰기와 시집 발간을 소중히 여기는 인생은 멋져 보인다. 주위의 모든 분들에게 이 길을 추천해 주고 싶다. 이수진 시인이 이 멋스런 길로 들어선 것을 다시 한 번 축하한다.

– 여기저기 온통 감동적인 꽃시 쓰고 있는 이 찬란한 초여름에

한실 문예창작 지도 교수 박덕은

(문학박사, 문학평론가, 시인, 소설가, 동화작가, 희곡작가, 화가, 사진작가)

작가의 말

어느 때부터인가 내 이름이 들어간 시집을 가지고 싶었다. 하지만 나에게는 멀어만 보였다.

하루는 지인의 소개로 한실 문예창작 지도 교수 박덕은 박사님과 인연이 맺어졌다. 이게 나의 인생의 싱그러운 전환점이 되었다.

깊숙이 묻어 두었던 꿈을 끄집어낼 용기를 얻게 된 것이다.

처음 창작을 해서 그걸 지도 교수님께 선보일 때는 마치 시집가는 새색시가 된 기분이었다.

점차 문학 수업을 하면서 시 한 편씩 늘어가는 즐거움을 간직하게 되면서부터 행복감이 물결쳤다.

제자들의 꿈을 마음껏 펼칠 수 있도록 날개를 달아준 지도 교수님께 이 소중한 첫 시집을 바치고 싶다.

앞으로 첫 시집에 만족하지 않고 더 열심히 맑은 영혼과 마음으로 시심의 깊이를 더해 나아가겠다. 제2시집, 제3시집 쭉 펼쳐 나가는 시인이 되겠다.

첫 시집의 설렘이 식을 줄 모르는 활화산이 되어 열심히 창작하겠다.

시집이 나오기까지 격려를 아끼지 않은 한실 문예

창작 포시런 문학회 문우들, 아프리카tv "낭만대통령의 문학토크" 문우들, 그리고 늘 힘을 실어 준 나의 낭군과 아이들에게 고마움을 드린다.

2016년 6월
환희에 찬 꽃들이 손짓하는 날 오후에
시인 이수진

祝詩

이 수 진

박덕은

재잘거리는 봄향이
내면으로 찾아와
보금자리를 틀었다

늘 새침하게
늘 상큼하게
계절을 탐닉했다

휘감긴 보드라움과
감싸 안은 향긋함은
마냥 함께했다

성실의 터 위에서
경영의 깃발 곁에서도
힘찬 발걸음은 지속되었다

언제나 당당하게
줄기찬 미래를
펼쳐 나아갔다

어느 하늘 아래서도
굴하지 않는
가슴의 물결로

■ 그리움이라서

파닥이며 흐르는
윤슬의 아름다움을
간직하며 살아갔다

어느새 잠겨든
시심의 노래터
그 안에서

오래도록
익혀온 감성의 꽃들
피워내고 있다

가장 순결하고
가장 열정적인
내면의 찬란한 운명밭에

눈물겹도록
포근히 포옹하고픈
엄마의 늘푸른 초원 위에.

사랑하는 아내 수진에게

- 장만수

아침이면 수줍은 얼굴로 배시시 웃는 어린 아이 같은 당신! 때로는 내가 아이 셋을 키우는 착각에 빠져들 때도 있었답니다.

지금도 여전히 당신 생각하면 가슴이 콩닥 콩닥 뛴다 하면 뻥치지 말라고 약올리는 당신은 아마 나를 너무 잘 알고 있기에 심술도 잘 부리는 거 같습니다.

평범한 직장 생활을 계속했으면 마음고생하지 않았을 텐데, 늘 미안하고 고마운 마음 간직하고 있습니다.

처음 만날 때 도도하고 차갑고 냉정했던 당신에게 끝까지 포기하지 않았던 것이 내 인생 최고의 선택이었습니다.

요즈음 멍하니 부모님 생각을 많이 하는 당신에게 옆에서 해줄 수 있는 게 없습니다. 유난히 막내딸을 사랑했던 두 분들 덕분에 막내사위도 엄청 사랑받았죠.

거칠고 힘든 세상에서 상처받지 않았음 좋겠는데. 모든 것은 내가 막아줄 테니 내 품에서 지금처럼 고운 심성 그대로 우리 아이들 엄마, 나의 아내로 곱게 살아요. 당신의 꿈을 이루었으니 시집이 나오면 제일 먼저 두 분께 찾아갑시다.

 시인이 된 아내를 두니 왠지 이제는 선물과 함께 편지도 써야 할 거 같아서 서툴지만 써 내려갑니다.

 이거 도면 그리는 것보다 더 어렵네요. 내 아내 멋져요. 그 어려운 시를 쓰다니, 존경스러워요.

                          - 당신의 영원한 보호자 드림

나의 사랑 엄마

- 장아름

봄향 같고 아기 같은 새침데기 엄마.

나뭇가지 물오르고 파릇파릇 싹이 돋아나기 시작하면 우리 남매는 엄마 아빠 두 분에게 찬밥 신세가 되지요.

평소에는 보물 1호, 보물 2호란 칭호로 애지중지하다가 봄이 되면 두 분의 역마살이 시작되니까요. 그 역마살이 엄마의 풍부한 감성에서 비롯되었다는 것을 아빠가 미리 아셨나 봐요.

예전부터 엄마는 책 읽기와 글쓰기를 좋아하셨지요. 하지만 우리 남매의 엄마, 아빠의 아내로 사시느라 항상 엄마의 인생은 뒷전이었죠.

할아버지 할머니께 늘 미안한 마음을 안고 살아가는 걸 이십대가 되어서야 알았죠.

철없던 시절에는, 우리 남매가 잘되고 아빠 사업 번창이 곧 엄마의 인생이고, 그를 위한 희생은 당연히 엄마의 몫이라고 생각했지요.

엄마도 꿈이 있고 여자이고 개성과 이름이 있다는 걸 이제야 알아서 죄송해요.

이제는 엄마의 꿈과 이름을 찾으며 살라고 했을 때

■ 그리움이라서

엄마는 조금만 더 있다가 할게라며 미루었는데, 어느 날부터 창작하고 문학 방송에 몰입하는 모습이 너무 아름다웠지요.

그 시간이면 우리집은 고요의 세계로 빠져들곤 하죠. 그 누구도 방해할 수 없는 엄마만의 세상이기 때문이죠.

요즈음 제일 섹시하고 우아하고 멋져 보여서 자랑스러워요.

제2의 이수진 인생을 누리는 걸 보면, 우리 남매도 아빠도 행복해요.

오십이 넘어서야 엄마 꿈 이뤘네요.

시인 이수진, 이수진 시인, 너무나 자랑스러워요.

첫 시집은 딸이 해드리려고 했는데, 지금은 학생이라서 아빠에게 양보할게요.

이수진 시인은 자식이랑 남편을 잘 둔 거 같지 않으세요.

우리 가족은 엄마바라기, 아시죠?

첫 시집 출간을 축하드려요.

엄마 이수진, 시인 이수진의 딸인 게 자랑스러워요.

— 사랑하는 시인 이수진 엄마에게, 보물 1호 장아름 드림

아들바라기 엄마

- 장영근

새벽이면 홀로 컴컴한 방에서 아들 기다리며 늘 깨어 있는 엄마.

죄송한 마음에 "엄마, 나 왔어." 하고 얼굴도 안 보고 도망치듯 방으로 뛰어들어오면, 뒤통수에 쐐기 박는 듯 한마디,

"아들, 몇 시니? 우리집은 12시 넘으면 외박인데, 통행 금지도 지났으니 외박한 거네."

이런 말 들을 때면 쥐구멍을 찾고 싶어집니다.

저도 이제 엄마의 품안에 있는 아기가 아니라는 걸 언제쯤 깨달으실지, 때론 답답합니다.

저 친구들 대부분 군에 갔어요. 요즈음 늦는 거는 친구들이 휴가 많이 나와서 그런 거예요. 엄마가 저 기다리면서 책도 보고 글도 쓰는 것 같은데, 제가 많이 도와드리는 거예요. 낮에는 아빠 회사일, 엄마 지인들 전화, 불교대학 가시는 거, 너무 많아서 글 쓸 시간 없으니까, 종종 늦게 들어올게요. 죄송 죄송. 일찍 들어오도록 해야죠. 엄마 맘을 힘들게 하면 나쁜 아들이죠.

늘 엄마는 아들이 낯설어진다는 우울한 목소리로

말씀하시는데, 낯설어지는 게 아니라, 엄마가 아들이 훌쩍 컸다는 것을 못 깨닫고 품안의 아들로만 생각하시는 거예요.

저는 예의바른 이십대 건장한 청년이랍니다.

두 분의 가르침대로 예의 바르고 할머님께도 일주일에 한 번씩 문안 인사 잘하고 있으니까 전혀 걱정하지 말아요. 누나는 믿지 말고 엄마 아들과 아빠만 믿고 엄마는 창작에만 신경쓰세요.

우리는 어디다 던져 두어도 살아남을 엄마의 아들딸, 예의 바른 두 분의 아들딸이랍니다

이 아들이 바라는 건 오로지 엄마 건강뿐이에요. 보기보다 허약한 엄마, 그래서 아빠랑 저는 엄마를 편하게 해주잖아요. 얌체 누나는 엄마를 많이 힘들도록 심부름 시키고 반찬 투정해도 우리집 남자들은 절대 복종. 이거 시집에 실리면 우리 엄마 욕먹으려나.

독자님들, 오해하지 마세요. 저희 엄마가 허약한 탓에 그린 기지, 실은 순수 그 자체랍니다. 천상 여자이지요.

건강한 엄마이기만을 바라고 지냈는데, 시인이란 큰 선물을 이렇게 아들에게 안겨 주네요. 친구들에게 자랑 많이 했답니다.

친구들 말이 "너희 엄마 그 나이에 대단하시다, 배우는 것도 많고." 이럴 땐 아들이 하늘을 날아가는 것 같았답니다.

어릴 때는 엄마에게 편지 자주 썼는데, 대학 들어가고서는 이게 처음인 것 같아서 죄송하네요.

엄마, 이대로 건강 관리 잘하면서 창작 열심히 하세요. 남자는 묵언으로 살아간답니다. 모든 게 가슴속에 있기 때문이죠.

- 엄마의 든든한 보디가드, 보물 1호가 되고픈 아들

祝詩

물 안 개

강순옥

겨우내 햇살 가득
물오른 연초록 뜨락
꽃잎마냥 손짓하며

잘 익은 소롯길 낭만으로
감성의 나래 치며
늦깎이 송이송이 길 나선다

애잔함의 향기 울타리에 피고 지고
별밭에 꿈꾸는 노랫가락
달빛 가슴에 새겨 놓고

시시때때로 피지 못한 그리움들
찻잔 위에 풀어놓아
설렘으로 모락모락 피어난다

순수한 열정꽃의 눈빛 닿는 곳마다
연분홍 참꽃 되어
환한 글마당 펼친다.

차 례

1장 — 앙탈

2장— 비 내리는 산사에서

3장 — 어화둥둥 내 사랑

그리움이라서

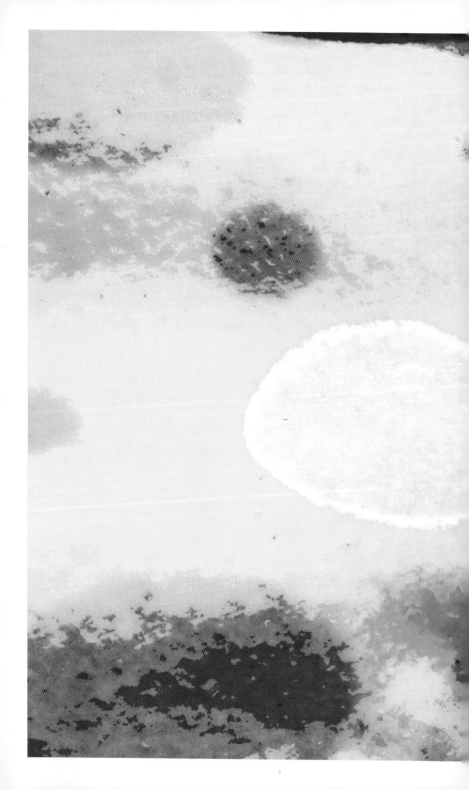

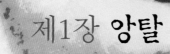

제1장 앙탈

박덕은 作 [봄의 노래](2016)

미련 · 1

꽃이라서
가슴밭에 향기를 남기고

나무라서
둥근 나이테를 남기고

그리움이라서
마음밭에 쉼 없이 내리네.

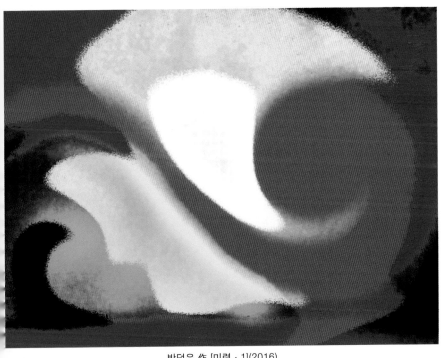

박덕은 作 [미련 · 1](2016)

미련 · 2

칼바람
등에 업고

봄마중
간다.

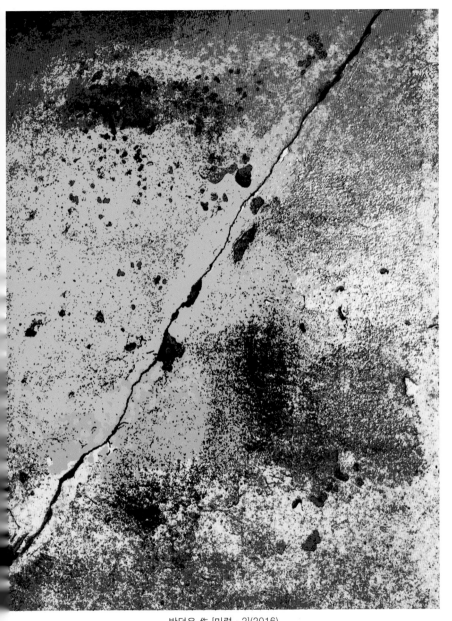

박덕은 作 [미련 · 2](2016)

아내

새벽녘이면 꽃잎 두르고
졸졸졸 흐르는 사랑에
손을 비빈다

땡그랑 땡그랑
언제 들어도 정겨운 소리
달콤한 향 소롯이 피운다.

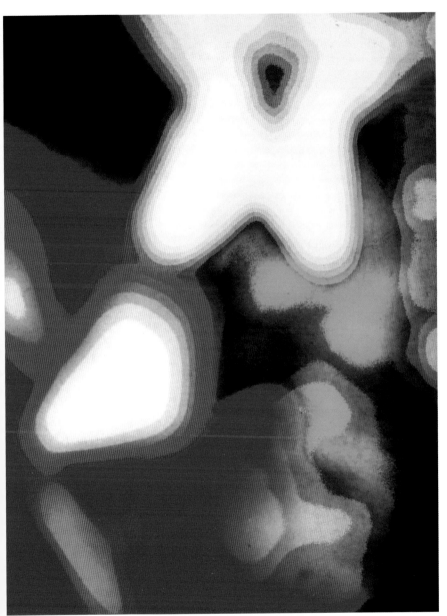

박덕은 作 [아내](2016)

어머니

산기슭 오르면
허름한 집 한 채
기와도 아닌 너와 지붕
서리꽃 이고 있네

탯줄에 매달렸던 사랑과
님의 체취 고스란히 남겨 두고
떠난 그곳

심장 멈추는 그 순간에도
잡았던 손의 온기
아직도 그대로 느껴지는데

한없이 내주던 그 마음과
남루한 이불마저
짐승에게 다 내어주고
칼바람 흩어지던 그곳

그리워 애타게 부르는 이름
대답은 없고
허기진 메아리만 가슴밭 파고드네.

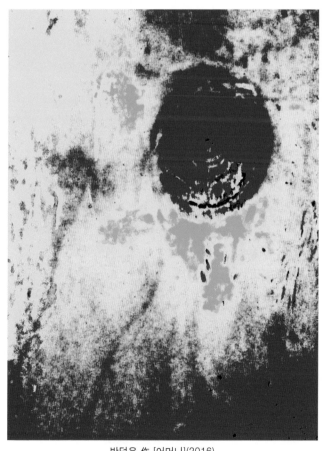

박덕은 作 [어머니](2016)

흩날리고

뭉게구름 쉬어 가는
산모롱이에 바람
흩날리고

산발치 매화
더 고운 눈꽃
흩날리고

오솔길 끝 통나무 찻집에
잔잔한 음률
흩날리고

애틋한 연정
설레임 되어
흩날리고.

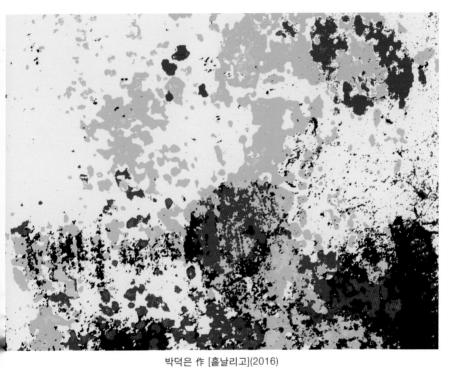

박덕은 作 [흩날리고](2016)

외로움

은사시나무 잔물지는 창 너머
뼛속까지 애잔함 밀려오네

오십 즈음
어느 날

해질녘 산기슭
동박새 나지막한 노랫소리
가슴 시리고

서산 넘는 저녁놀
산그림자 서러워
나뭇가지에 앉아 숨죽이고 있네.

박덕은 作 [외로움](2016)

달맞이꽃

해거름 호숫가에
잔물 일렁이고

별빛 사르르
내려앉으면

연못가에
사연 담고서

외로움에 사무쳐
님 기다리며

애틋한 그리움
바람에 실어 보내네

눈물겹도록 아름다운
사랑꽃 피워.

박덕은 作 [달맞이꽃](2016)

님

가슴밭에
그리움 품어 숨죽이고

여백에
시 써 내려가다

하늘에
애틋함 실어 보낸 뒤

채워도 채워도
채워지지 않는

달밤에 홀로 피어나는
달맞이꽃.

박덕은 作 [님](2016)

한강

해거름녘
애틋한 그리움
품에 안고
강가를 서성이다

강둑에 걸터앉은
잔설의 입김 되어
스멀스멀 오르면

물결에 담아 보낸
님의 향기
덩달아
물안개 되어 피어나네

강풍 맞으며
오도마니 앉은
갈매기처럼
끼룩 끼룩

▓ 그리움이라서

물그림자 드리운
고운 님
붉은 물감 풀어
멀리 떠나보내네.

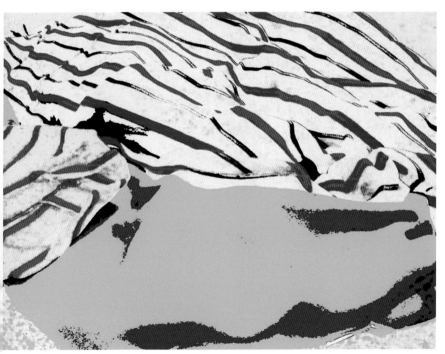

박덕은 作 [한강](2016)

그리움 · 1

자드락 해찬솔
햇살 품은 실개천
담쟁이 휘감은 돌담길
상흔 소롯이 담은 장독대
꽃무릇 보듬은 푸른 이끼
물안개 스멀스멀 떠난 자리
고운 님 기다리는 옥잠화
빛바랜 서까래 풍경소리
설렘 스치는 하늬바람
해질녘 막둥이 무동 태워
서성이던 낡은 대청마루
고즈넉한 여운 앉은 흔들의자
메마른 웃음 등에 지고
노을로 내려 자리한 보고픔.

박덕은 作 [그리움 · 1](2016)

그리움 · 2

낡은 앨범 속에서
숨죽이고 있는 젊은 날의 초상

희미하게 피어나는
옛 추억의 조각 조각들

늦은 후회로 몸을 싣는
개울가 오솔길

물수제비 만들던 강가
버들가지 가녀린 몸짓

달빛도 숨어 버린 동네 어귀
껌벅껌벅 졸고 있는 가로등

돌담길 어루만지고 더듬거리다
우루루 몰려와 안아 주는 온기들

까만 밤을 뜬눈으로 불태우고
마음을 여는 여명의 빛

문틈 사이로 비춰지니
그때서야 숨을 내쉬네.

박덕은 作 [그리움 · 2](2016)

겨울 바닷가

밤새 하늘문
순백 꽃잎 흩날리면

잔물지는 푸른 절개
동백꽃 위에 내려앉고

그리운 뭍 소식 끊어지고
포구에 갇힌 배 한 척

깃대만 빼꼼히
기다리다 잠든 바닷가

갈매기들 물낯 가르며
파도 끝에서 갸륵갸륵

저녁놀 은빛 가슴에 담아
바람결에 실어 보낸다.

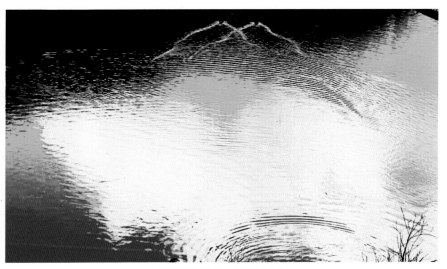

박덕은 作 [겨울 바닷가](2016)

김밥

달강이는 낮달 아래
앙탈 부리는 검은 드레스에
수채화 그려 넣었더니
빙그르르
추억 소롯이 품어
도르르
줄지어 서네.

박덕은 作 [도르르](2016)

화원

나른한 오후 기지개 펴고
햇살결 손잡은 곳
향그러움이 붉은 열정 기다리는 곳
연둣빛 싱그러움이 피어나고
순백의 숨결들이 고이 숨쉬는 곳
가녀린 몸짓 한들 한들 유혹하고
은은한 향 폴폴 흩날리는 곳
형형색색 저마다 뽐내면서도
여기도 힐끗
저기도 힐끗 곁눈질하며
가슴밭으로 달려드는 곳.

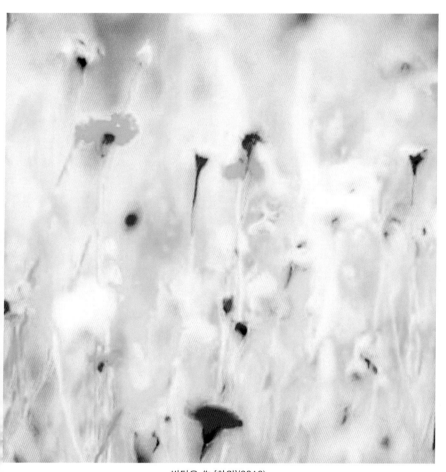

박덕은 作 [화원](2016)

앙탈

너무 아파 아프다구
호들갑 떤다
어디가, 어디가?
배 찢어지는 것 같아
창자도 꿈틀대
배배 꼬면서 괴롭혀
심술부리나 봐

배배 꼬인 창자 쭉 펴서
한 줄로 나란히 나란히
찢어지는 배 예쁘게
바느질하자 튼실히
심술통은 바꿔 달라고 하자.

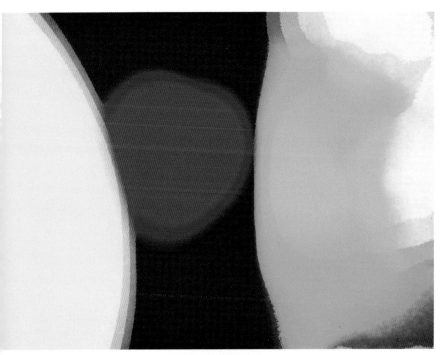

박덕은 作 [앙탈](2016)

응급실

사시나무 잔가지 흔들림
몸 타고 내리는 흐느낌
꼭 잡은 옷깃의 뒤틀림
촉촉이 목덜미 타고 바라보는 애틋함
아리게 서려 있고

울부짖는 소리
잡히지 않으려는 가녀린 몸집
물먹은 솜처럼 무거워진 대답
어깨 위로 이리저리 날아다니는 불나방
토닥 토닥 잠재우고 있다.

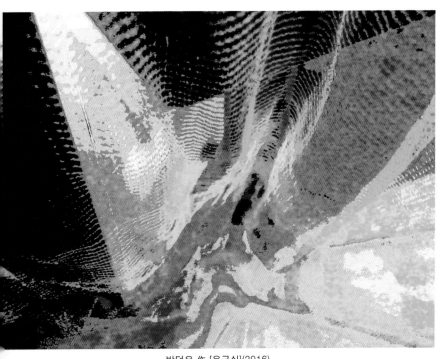

박덕은 作 [응급실](2016)

향수 · 1

젖은 눈가 촉촉이
설렘 내려앉아 잔물지며
연둣빛 향 피어나면

오도마니
외로움 달래는 산자락
그리움만 몽글 몽글.

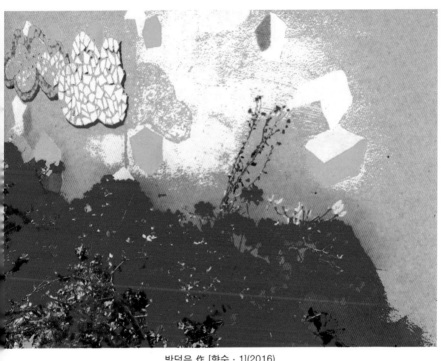

박덕은 作 [향수 · 1](2016)

향수 · 2

구름 걷힌 산자락
저녁놀 드리우고

봄향 시샘하듯
문풍지 두드리면

앞마당 소쿠리 속
오도마니 자리한 정

부엉부엉 뒷산 부엉이 소리에
흰 서리 이고 동구밖 나오네.

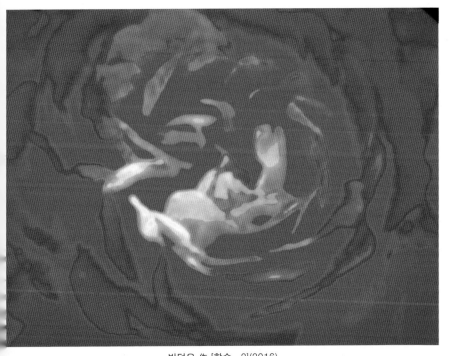

박덕은 作 [향수 · 2](2016)

스승님

사르륵 사르륵
달콤한 시 낭송 소리

꽃비 되어
촉촉이 파고드는 밤

똑 똑 똑
시심 깨우는 소리

어떤 분일까
어떻게 생겼을까

상상의 나래 뭉게 뭉게
독백 되어 날아가다

여백의 가슴밭에
소롯이 내려앉는다.

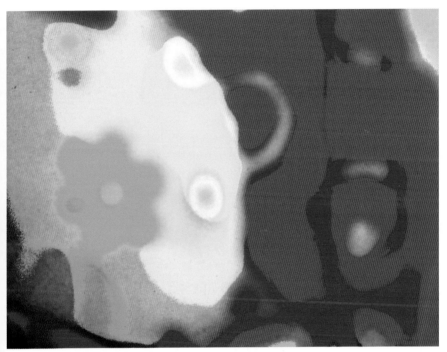

박덕은 作 [스승님](2016)

농다리

얼키설키 쌓은 추억 자락으로
긴 세월 보듬은 너

전설 한 소쿠리
울퉁불퉁 간직한 너

인연의 오작교가 되어
보고픔 서리 서리 피어도
긴 시간 홀로인 너

쉼 없이 흐르는 물결 위
윤슬 내려앉을 때마다
바람이 이끄는 대로 눈뜨는 너.

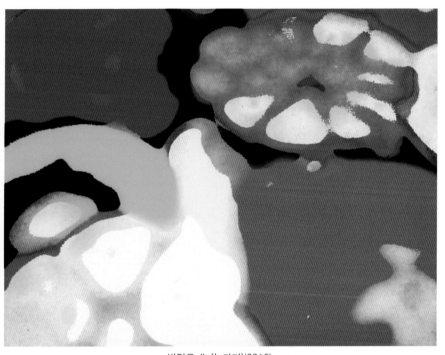

박덕은 作 [농다리](2016)

봄나들이

강둑 왕버들의
연둣빛 물그림자
일렁이면

하늬바람 휘몰아 떠난 자리
봄햇살 내려
은빛향 피어나고

추억 언저리
아리게 파고들어
꼬리 치며 살랑이는 꽃잎

그 온기 오롯이 감싸 안고
설레임 따라 너울너울
보고픔 찾아 떠나네.

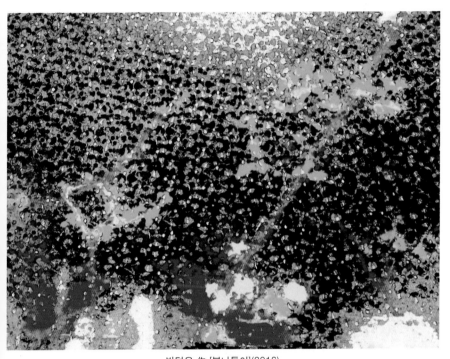

박덕은 作 [봄나들이](2016)

시 창작

유년의 꿈
추억 뒤편에 묻어 두고
굽이 굽이 돌아온 길

민들레 홀씨 흩날려
가슴밭 두드리던 그리움
두근두근 토닥이며

똑 똑 똑 문 열었더니
정답게 마중나온 뭇별
미소 머금고

떨리는 손끝에서 뚝 떨어지며
포근히 감싸 안은 은빛 시심
날갯짓 펼치네.

박덕은 作 [시 창작](2016)

토마토 주스

행복 깨어나 구르는
아침의 소리 휘리릭

목 타고 내려가는
붉은 열정 또그르르

숨겨진 싱그러움 훔쳐
뜨겁게 불태워 살며시

동동 띄워
너울대는 사랑꽃.

박덕은 作 [사랑꽃](2016)

외출

커튼 걷어내니
밤은 사라지고
촉촉한 봄비 창문 두드린다

헛헛한 마음의 곁눈질은
빈자리 바라보고

아려오는 가슴에 구르는 연서는
눈물방울 같은 한마디 남기고
사알짝 나간다

잔물지는 애틋함
먼 길 나서며
바람결에 그리움 고이 보낸다.

박덕은 作 [외출](2016)

생일 미역국

새벽녘 달덩이
솥 안고 휘영청

흔들리는 소리
달가랑 달가랑

살며시 열어 보니
달콤한 사랑 보글 보글

들켜 버린 마음밭
수줍어 방울 방울

수채화 그려지듯
오도마니 앉은 열정 모락 모락

검푸른 파도 내음 휘감은 향기
가슴밭에 나풀 나풀.

박덕은 作 [달콤한 사랑](2016)

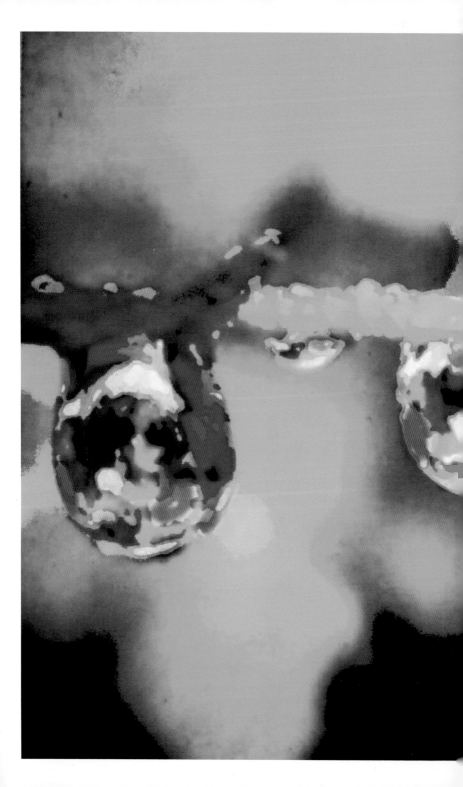

제2장 비 내리는 산사에서

박덕은 作 [너를 그리며](2016)

고향 · 1

노을이 산자락 타고
내려앉은 강가

버들강아지 살랑 살랑
추억 풀어놓으면

잔가지에 매달린 보고픔
또르르 구르고

뒷산 두견새 애틋함은
흰 싸리꽃 머리에 이고

가슴밭의 진달래꽃은
붉은 향 서리 서리 품고

오도마니
서 있네.

박덕은 作 [고향 · 1](2016)

고향 · 2

추억 자락 묻어두고
보고픔 일렁이며
곱다란 꿈 키웠던 그곳

나래 펴고
사랑꽃 피우다가
그리움만 소롯이 남아

바람 흔들어
하루를
간지럽히던 그곳

저녁놀 드리운 뜨락에는
뜨거운 눈물만
방울 방울.

그리움이라서

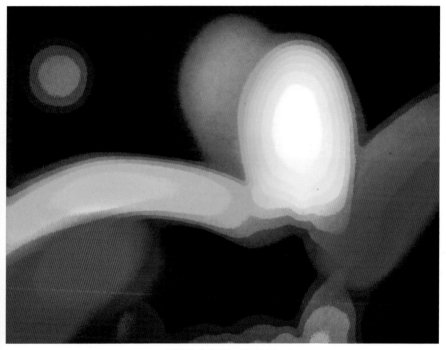

박덕은 作 [고향 · 2](2016)

고향 · 3

여명의 빛이
품안 파고들고
새끼새 어미 찾아 날아드는
그곳

마음밭에 보고픔 일렁이고
산허리 휘감은 대나무숲에
은빛 물결 너울 너울거리는
그곳

들머리 둔덕에 자리한 영호루
이른 아침 주산지
물안개 모락 모락거려
애틋한 청춘 묻었던
그곳.

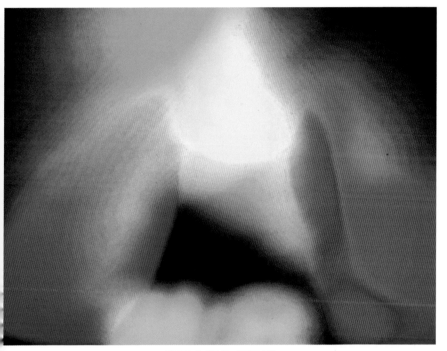

박덕은 作 [고향 · 3](2016)

당신

먼 산 두견새랑
별빛도 쉬어 가는 노산골

싸리꽃 머리에 이고
눈망울 그렁그렁

홀로 떠난 길
외로움이 흰 물거품 휘감고

산새 노랫가락에
꽃들의 향기로움 내려앉고

그리움의 나래 펴며
회상에 젖어드네.

박덕은 作 [당신](2016)

환승역

새벽녘빛 사르르
한아름 안겨 주는 곳

낭만과 애틋함이
함께 서려 있는 곳

고운 발걸음 품어 마주하고
곁눈질하지 않는 곳

스쳤다 다시 찾은 인연
벤치 위에 쏟아내는 곳

내려앉은 설렘으로
아련한 첫사랑 묻어 두는 곳

모였다 흩어져도
바다 같은 가슴 내어 주는 곳.

박덕은 作 [환승역](2016)

봄 · 1

뭉게구름 쉬어가면
고갯마루에
산그림자 내려앉고

민들레 옹기종기
햇살결 마중하니
꽃봉오리마다 추억 묻어나네

청보리밭에 산들바람 불면
사월의 길목 한아름 안고
보고픔 잔물져 일렁이네.

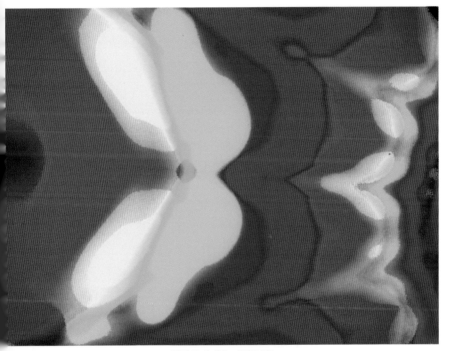

박덕은 作 [봄 · 1](2016)

봄 · 2

향그러움 피어나는
개울가
윤슬이 내려앉고

바람에 흔들리는
강아지풀
살랑 살랑 추억 풀어놓네

흰 물결 타고 오가는
송사리떼
보고픔 등에 지고

연둣빛 소롯이 담은
버들강아지
마음밭 흔들어대네.

박덕은 作 [봄 · 2](2016)

동백꽃

해 넘어가는 수평선 위
기다림의 배 띄워
가슴밭 돛 올리고

봄 오는 바닷가에
흰 거품 휘감아
열정의 붉은 향 풀어놓고

그리움 마디 마디
거센 파도에 흩날려
달그림자 따라 너울 너울.

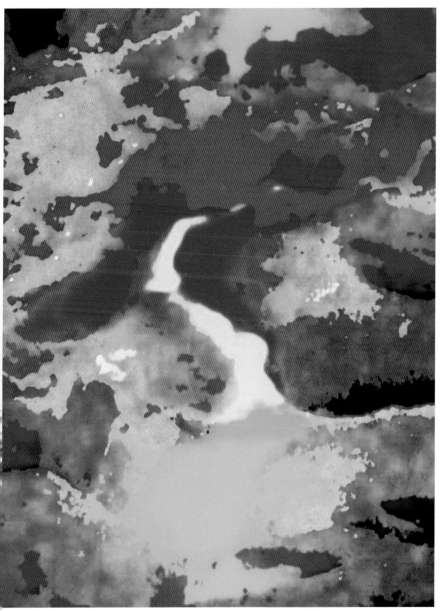

박덕은 作 [열정](2016)

이우릿재

박달나무 우거져
넘나들기 힘들던 그곳

추억 고이고이
묻어 둔 고갯마루 그곳

낭만과 사색이
나란히 걸어가던 그곳

한양길 오르던 선인들
꿈과 한 서려 있던 그곳

휘청거리며 얽히고설킨
사연들 한 올 한 올 풀어내던 그곳

님의 걸음 걸음마다
애틋함이 피어나던 그곳.

박덕은 作 [그곳](2016)

산골

오솔길 걷다 보면
솔향 풀숲에 이슬 맺혀
또르륵 또르륵

오두막 한 채 자리한 곳에
첫사랑 열정 고스란히 묻어 두고
꽃반지 끼던 추억 돌돌 말아 두었네

바위틈 비집고 흐르는 옹달샘엔
물안개 모락 모락

도토리 놀이하는 다람쥐가
그리움 깨우니

나뭇가지에 걸터앉은 소쩍새
애틋함 오롯이 담아 소쩍 소쩍.

박덕은 作 [물안개](2016)

연서

먹구름 흩어져
종종걸음으로 떠난 뒤

낭만 위에 별빛 누워
추억 자락 펼쳐 놓네

동동주 한 사발에
살랑 살랑 휘청이는 추억

볼 위에 붉은 향
수줍게 몽글 몽글

마디 마디 매달린 애틋함
가슴밭에 소롯이 내려앉네.

박덕은 作 [연서](2016)

아들

달그림자 숨어드는 새벽녘
숨결 깨우는 소리
가슴밭 파고드네

길고 긴 밤
하나로 이어진
기다림의 끈끈한 줄처럼

손닿을 수 없기에
어느 곳이라도 불어올 수 있는
바람이길 바라며

연등에게
애틋함
소롯이 담으면

파랑새 한 마리
보고픔 머리에 이고
포르르 나래 펴네.

박덕은 作 [가슴밭](2016)

소낙비

먹구름이
그리움 두드리니
우르르쾅 우르르쾅쾅

번뜩이는 회한 휘감고
강으로
마구 쏟아붓네.

박덕은 作 [소낙비](2016)

사랑

초승달이 빛을 더하면
빈 뜨락에 홀로 서네

뚜렷한 듯 흐려지는 추억
끄집어내지만

흘러내리는 아릿함
촉촉이 젖어들고

속속들이 토해내는 시름은
시간이 흐를수록
늘어진 어깨 끌어안고 흐느끼네

미소 머금고 토닥이는 온기는
가슴밭에 사르르 안기네.

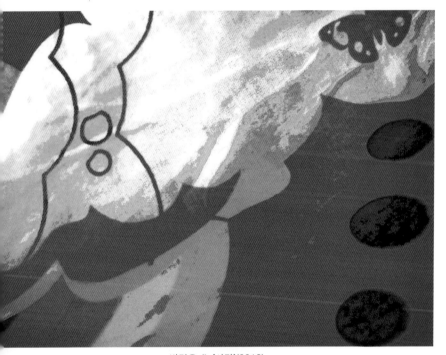

박덕은 作 [사랑](2016)

봄날에

아려오는 가슴이
하늘 올려다보니

햇살 눈부시게 숨어들어
대롱대롱 맺히네

강둑 수양버들
연둣빛 추억 되어 일렁이고

징검다리 스치는 바람결에
보고픔 사뿐히 내려앉고

세차게 흐르는 여울목에
그리움 뭉게 뭉게 피어나네.

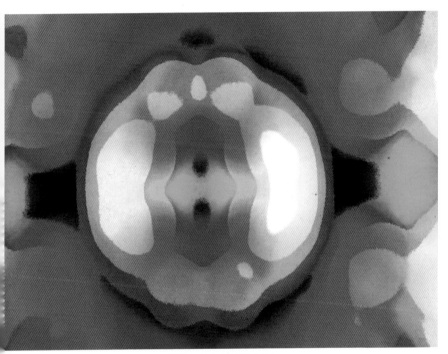

박덕은 作 [봄날에](2016)

솥단지

헛헛함
묵묵히 채우는
너

쉼 없는 열정
불태우는
너

가슴 밑바닥
새까맣게 타는
너

구수한 향기
모락 모락 피운
너.

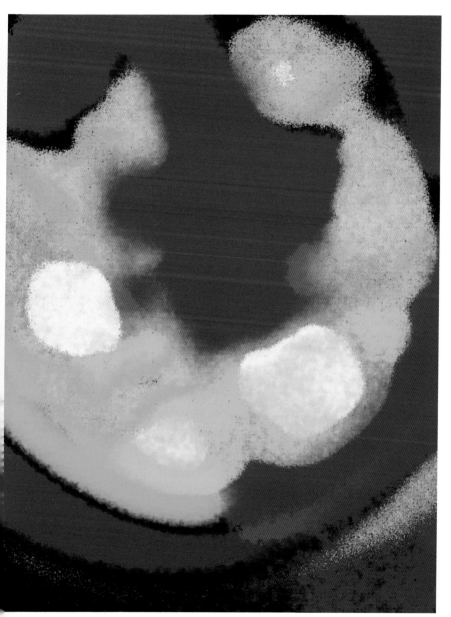

박덕은 作 [솥단지](2016)

길

찻잔에
노을 지면

바람은
언덕길 나뭇가지 흔들고

담장 휘감는
달그림자 비추면

낯설음에 살랑대는
애틋함의 깃발들

풍경소리 되어
파고드는 보고픔

가슴속 비집고
피었네.

박덕은 作 [길](2016)

바닷가

수평선 위 별빛 내려와
모래톱의 숨소리 덮는
흰 물거품과
어깨동무하네

추억 묻어둔 목선에는
상흔만이 아리게 남아
닻을 내리네

피울음 토하는 갈매기
휘휘 돌고
그물의 애틋함은
숨죽인 채 바위에 걸터앉아 있네.

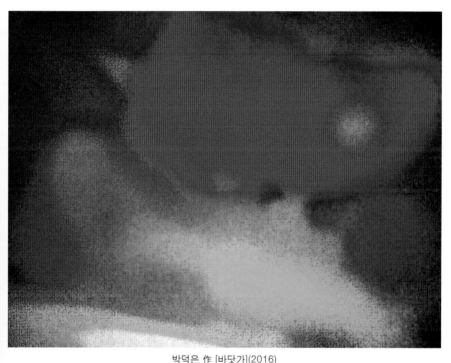

박덕은 作 [바닷가](2016)

비 내리는 산사에서

솜털 바람으로
울림 주는 풍경 소리
종종걸음 치면

산자락에 물안개
모락 모락 피어나

저녁놀 드리울 때
합장하는 여인의 볼에
방울 방울지네요.

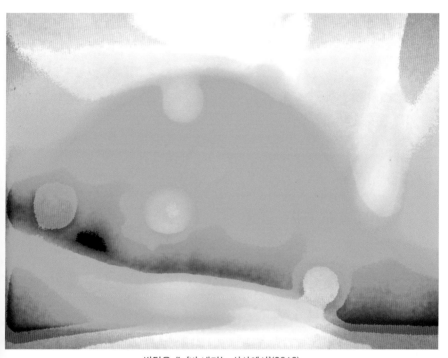

박덕은 作 [비 내리는 산사에서](2016)

몽돌

파도에 매맞아
피멍 든
너

폭풍우에도
찡그리지 않는
너

흰 물거품
휘감고 또 휘감은
너

다듬고 다듬어져
둥근 어여쁨이 된
너

세월의 바닷가에
편히 쉬고 있는
너.

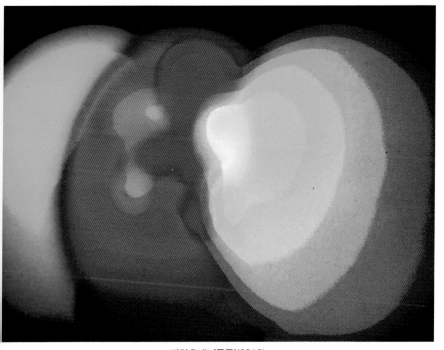

박덕은 作 [몽돌](2016)

폭포

쉼 없이 쏟아내는
추억 두드리며
하늘에 닿으려는 환희

황홀히 올라서다
톡톡 튀어
머무르는 그리움

무지개 다리 놓고
살포시 걸터앉은
지독한 보고픔.

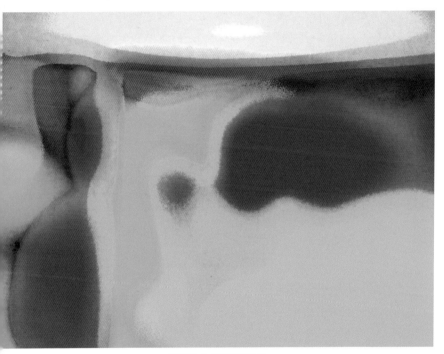
박덕은 作 [폭포](2016)

인연

가슴 열어 놓고
언제나 만나고픈

등돌리지 않고도
얼굴 찡그리지 않는

오랜 시간 동안
함께 걸어가는

작은 비밀이 되어
마음에 묻는

가끔은 마주하는 듯
보고픔이 되는

먼 훗날 생각하면
그리움으로 모락 모락 피어나는.

박덕은 作 [인연](2016)

데이트

해거름 창가에
매달린 속삭임

살며시 내려 읊조리다
품속에 품으니

마음밭 잔물져
일렁 일렁

추억의 가녀린 손등에
수채화 그려 넣고

고운 님 가슴밭에
애틋함 소롯이 담으니

달콤한 행복은
허리에 매달려 대롱 대롱

저녁놀 내려앉은 카페에
커피향으로 피어나 스멀 스멀

봄 실은 연둣빛 음률
설렘의 그네 타고 살랑 살랑.

박덕은 作 [데이트](2016)

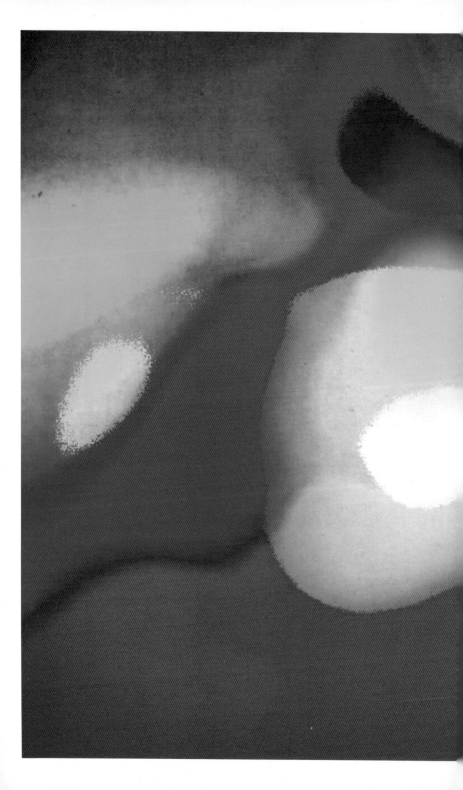

제3장 어화둥둥 내 사랑

봄 마중

산기슭 자작나무엔
은빛 자락 자작 자작

햇살결은 숨은 잎새
두드리며 일렁 일렁

날아든 하늬바람은
꽃향기처럼 남실 남실

들녘 둥지 속엔
푸른 드레스 나풀 나풀

강줄기 위 윤슬은
님 기다리며 반짝 반짝.

박덕은 作 [봄 마중](2016)

주남저수지

봄향 내려 잔물져
붉은 물그림자 드리운 곳

그리움 묻어 둔 호숫가
물안개 몽글 몽글 피어나고

저녁놀 내려앉은 나뭇가지
바람이 흔들어 깨우네

철새들 갈대숲 스치는 소리
사르락 사르락

한 마리 두 마리
둥지 찾아 날갯짓할 때

강둑 불빛 환히
길 밝히네.

박덕은 作 [호숫가](2016)

질주

고샅 끝자락
시샘하듯
칼바람 쎄엥

산기슭 부엉이
잔설 위에 앉아
부엉부엉

가슴밭에 묻어 둔
추억 펴고
힘찬 날갯짓으로

남녘 홍매화 품은
쪽빛 바다 그곳
향그러이 날아오르네.

박덕은 作 [질주](2016)

팔각정

편백향 녹아들어
마음밭 스치면

보고픔 묻어 둔 그곳
대숲 잔물져 일렁이고

들꽃 같은 그리움 품고
방그르르 미소 짓네

옹기종기 하얀 꿈
은빛 되어 피어나

샛강의 추억 자락 위에
윤슬로 반짝 반짝이네.

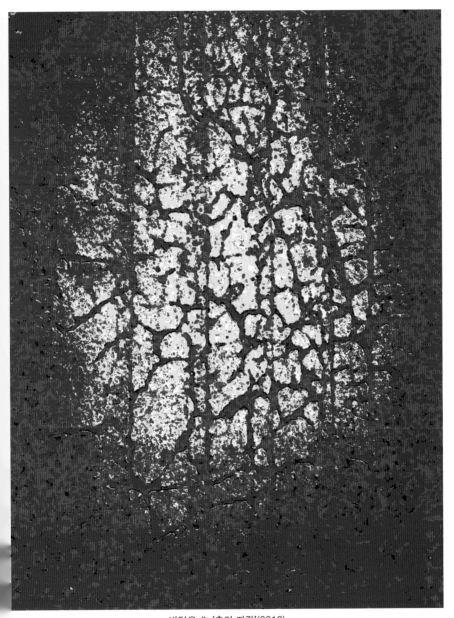

박덕은 作 [추억 자락](2016)

도우넛

동글 동글
달콤함 말아
굴리다가

바스락 바스락
나뭇잎 소리로
갈아입고서

사르륵 사르륵
보고픔 품고
녹아내려

흔들 흔들
추억 품은 동그라미
그네 타고 노니네.

박덕은 作 [달콤함](2016)

어화둥둥 내 사랑

별빛도 숨죽이는 새벽녘
달그랑 달그랑
연민 엮는 소리에
살며시 문 열었네

거목의 허리에
열정의 꽃잎 드레스
내려앉아
불붙었네

가슴밭 깊숙이 스며드는
커피의 향그러움도
콧노래로 흥얼흥얼
피어나네.

박덕은 作 [어화둥둥 내 사랑](2016)

만남

바람이
보고픔 휘감으며
휘이잉 휘이잉

동그랗게
상상의 나래
걸터앉아

깊숙한 곳
심장 뛰는 소리로
콩닥콩닥

마음밭 쓸어내리는 그리움
방그르르
봄의 왈츠 연주하네.

박덕은 作 [만남](2016)

콘서트

서리꽃 애잔하게
가슴밭 파고드네

사시나무 위 걸터앉은
봄향 잔물져 일렁이고

환희에 찬 어울림은
하늬바람에 남실남실

길 떠나던 나그네들도
오도마니 자리하고

기와집 풍경 소리조차
숨죽이고 서 있네

어둠 속 빛 타는 갈채
마음밭 한아름 보듬었네.

박덕은 作 [콘서트](2016)

봄맞이

물안개 피는 강언덕에
버들강아지 멍멍멍
얼음장 두드리니

은옥같이 흩어지는
송사리떼
숨은 숨결 찾아 떠나고

물오른 나뭇가지는
물그림자로 잔물져
일렁일렁

여울목 마음밭은
피어나는 봄향으로
남실남실.

박덕은 作 [봄맞이](2016)

발렌타인

지난밤
꿈이었나

햇살 걸터앉은 창가에
꽃향기가
코끝을 스치고

흰 여백에
젖은 고백
소롯이 담기면

달콤한 사랑
사르륵 사르륵
녹아드네.

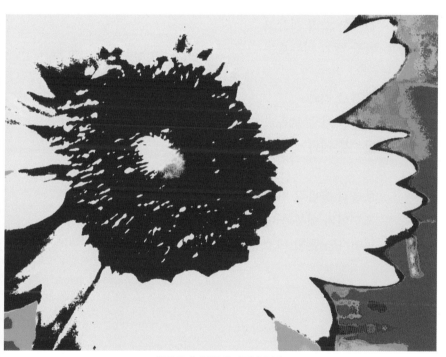

박덕은 作 [달콤한 사랑](2016)

산사에서

산맥에 자리잡은 아늑한 절집
청아한 소리 휘감고
밤꽃 향기 머무르는 그곳

풍경 소리와
간절한 가슴 보듬고
일주문 지나

오솔길 솔바람 마주한 곳
오누이의 애틋한 마음
피어나는 은빛 미소 담네.

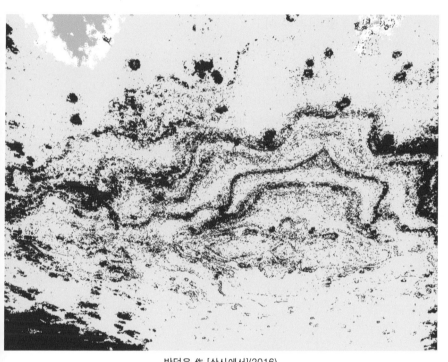

박덕은 作 [산사에서](2016)

사과

하늬바람 살랑 살랑
연분홍빛 머리에 이고
푸른 드레스 갈아입었네

왈츠 음률 신고
솔바람 사잇길 마중할 때
나그네 단풍잎 걸쳐 입고서
볼 연지 찍고 님 기다리네

품안에 살포시 숨어
빼꼼히 내민 꿈
눈가에 이슬 맺혀 방울 방울.

박덕은 作 [왈츠 음률](2016)

나들이

눈물겨운 역사도
삼켜 잠재우고

진눈깨비
드나드는 이곳

해묵은 기와집
김이 모락 모락

구수한 파전향
조명빛 타고 스멀스멀

은나무 맞은편 꽃집
인사동 골목길 마중나온 느낌
포근히 안고

시심의 백지 위에
하얀 나래 펼치네.

박덕은 作 [나들이](2016)

한실 문예창작 문우들의 작품집

오늘의 詩選集 Series

오늘의 詩選集 제1권

화장을 지우며
강만순 지음 / 144면

오늘의 詩選集 제2권

또 한 번 스무 살이 되고 싶은 밤
김숙희 지음 / 160면

오늘의 詩選集 제3권

사랑의 빈자리 될까 봐
박완규 지음 / 144면

오늘의 詩選集 제4권

유모차 탄 강아지
김미경 지음 / 112면

오늘의 詩選集 제5권

이 환장할 봄날에
신점식 지음 / 176면

오늘의 詩選集 제6권

작아지고 싶다
주경희 지음 / 176면

오늘의 詩選集 제7권

가을은 어디나 빈자리가 없다
전금희 지음 / 176면

오늘의 詩選集 제8권

쓸쓸함에 대하여
이후남 지음 / 176면

오늘의 詩選集 제9권

바람이 열어 놓은 꽃잎
문재규 지음 / 220면

오늘의 詩選集 제10권

단 한 번 사랑으로도
이호근 지음 / 176면

오늘의 詩選集 제11권

할 말은 가득해도
최승벽 지음 / 176면

오늘의 詩選集 제12권

비밀 일기
박봉은 지음 / 176면

오늘의 詩選集 제13권

꽃만 봐도 서러운 그날
한실 문예창작 동인지 제8집

오늘의 詩選集 제14권

마냥 좋기만 한 그대
최기숙 지음 / 176면

오늘의 詩選集 제15권

풀꽃향 당신
김영순 지음 / 176면

오늘의 詩選集 제16권

유리인형
박봉은 지음 / 176면

오늘의 詩選集 제17권

보고픔이 자라고 자라서
한실 문예창작 동인지 제9집

오늘의 詩選集 제18권

첫사랑
김부배 지음 / 176면

오늘의 詩選集 제19권

나는 매일 밤 바람과 함께 사라진다
박덕은 지음 / 240면

오늘의 詩選集 제20권

오늘도 걷는다
유양업 지음 / 176면

오늘의 詩選集 제21권

내 사람 될 때까지
전춘순 지음 / 176면

오늘의 詩選集 제22권

처음 사랑
한실 문예창작 동인지 제10집

오늘의 詩選集 제23권

당신에게 · 둘
박봉은 지음 / 176면

오늘의 詩選集 제24권

그 누가 다녀간 것일까
전금희 지음 / 206면

오늘의 詩選集 제25권

한 잔 술에 가둘 수 없어
이후남 지음 / 164면

오늘의 詩選集 제26권

그리움 머문 자리
이인환 지음 / 176면

오늘의 詩選集 제27권

사랑의 콩깍지
김부배 지음 / 176면

오늘의 詩選集 제28권

사랑은 시가 되어
최길숙 지음 / 176면

오늘의 詩選集 제29권

그리움이라서
이수진 지음 / 176면

오늘의 詩選集 제30권

그리움 헤아리다
배종숙 지음 / 176면

개별 작품집

고목나무에 꽃이 핀 사연
김영순 시집

당신만 행복하다면
박봉은 제1시집

시가 영화를 만나다
장헌권 시집

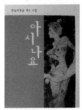

아시나요
박봉은 제2시집

하얀 속울음까지 들켜 버렸잖아
김성순 시집

당신에게.하나
박봉은 제3시집

세월이 품은 그리움
김순정 시집

사색은 강물 따라
권자현 시집

입술이 탄다
형광석 시집

내가 머무는 곳
신순복 시집

늘 곁에 있는 다른 나처럼
정연숙 시집

당신
박덕은 시집

한실 문예창작 동인지

한실 문예창작 동인지 제1집
『한꿈』

한실 문예창작 동인지 제2집
『한꿈』

한실 문예창작 동인지 제3집
『당신의 쓸쓸함은 안녕하십니까』

한실 문예창작 동인지 제4집
『목련은 흔들리고 있다』

한실 문예창작 동인지 제5집
『그래도 한쪽 가슴은 행복합니다』

한실 문예창작 동인지 제6집
『좋은 걸 어떡해』

한실 문예창작 동인지 제7집
『아직도 사랑인가 봐』

한실 문예창작 동인지 제8집
『꽃만 봐도 서러운 그날』

한실 문예창작 동인지 제9집
『보고픔이 자라고 자라서』

한실 문예창작 동인지 제10집
『처음 사랑』